굿
모
닝,
커
피
!

Good morning, Coffee!

굿모닝, 커피!

초판 1쇄 2017년 12월 15일 발행

지은이 | 이동진
펴낸곳 | 해누리
펴낸이 | 김진용
편집주간 | 조종순
마케팅 | 김진용

등록 | 1998년 9월 9일 (제16-1732호)
등록 변경 | 2013년 12월 9일 (제2002-000398호)
주소 | 121-849 서울시 영등포구 당산로 20길 13-1
전화 | (02) 335-0414 팩스 | (02) 335-0416
전자우편 | haenuri0414@naver.com

ⓒ이동진, 2017

ISBN 978-89-6226-076-2(03810)

굿모닝, 커피!

Good morning, Coffee!

·

이동진

·

해누리

 머리말

1960년대 중반 서울대 캠퍼스 동숭동 시절, 법대 정문에서 보면 가운데에 도서관, 오른쪽에 강의실 그리고 왼쪽에 구내다방이 자리 잡고 있었다. 나는 사실 강의실보다 구내다방에서 보낸 시간이 훨씬 더 많았다.

법이란 일반인의 상식보다 약간 높은 수준의 상식이니까 애써 공부할 가치가 없다고 보았다. 판·검사나 변호사 따위가 될 생각도 처음부터 없었기 때문에 거의 날마다 구내다방에서 죽치고 앉아서 클래식 음악을 공짜로 감상하는 편이 보람 있는 일이라고 믿었다.

당시 커피는 한 잔에 30원, 막걸리는 한 되에 50원 그래서 "사느냐 죽느냐 그것이 문제"라고 했다. "커피 한 잔을 시켜 놓고 그대 오기를 기다리네"라는 노래가 히트치기도 했다.

그러한 시절에 커피란, 요즈음 커피처럼 맛이 어떻고 향기가 안 좋고 할 처지는커녕 커피 한 잔이 있느냐 없느냐 둘 중에 하나였다.

그런데도 그 시절이 그리워진다. 수많은 사연이 잔잔한 물결처럼, 또는 거센 파도처럼 밀려오고 사라지고는 하던 법대 구내다방이 그리운 것이다. 어느 누구든 각자 나름대로 그리운 다방(커피숍)이 가슴 한 구석에 자리 잡고 있을 것이다.

그래서 나는 우리 모두의 추억을 위해서 에세이 형식의 시를 썼고, 여기 한 권으로 엮었다. 물론 여기에는 거의 50년 동안 글을 쓰면서 살아온 나 자신의 여러 가지 체험, 희망, 아쉬움, 세상을 바라보는 시각 등이 담겨 있다. 다가오는 세월을 향하여 새로운 추억을 준비하는 과정이라고 보아 주면 좋겠다.

나의 다음 에세이 형식의 시에서 다시 만나기를 기대하며 미소를 머금은 채, 독자 여러분 모두에게 굿모닝 커피! 한 잔을 권한다. 굿모닝 커피!

이 동 진

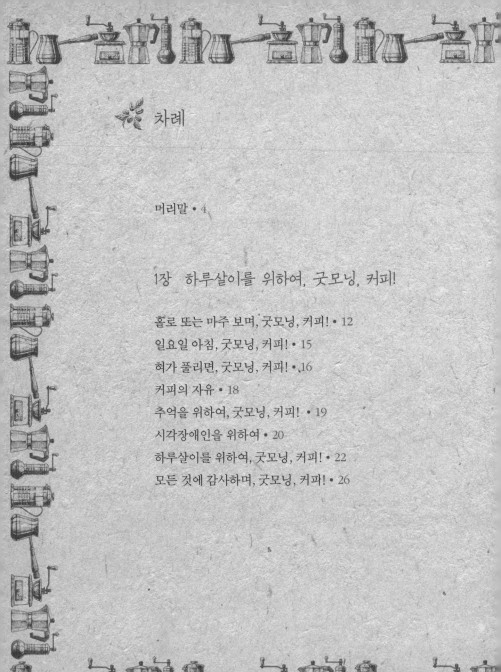

🪴 차례

머리말 • 4

1장 하루살이를 위하여, 굿모닝, 커피!

2장 산책 후, 굿모닝, 커피!

3장 흐린 날에도, 굿모닝, 커피!

4장 행복한 순간, 굿모닝, 커피!

1장

하루살이를 위하여, 굿모닝, 커피!

커피는 죽음처럼 강하고, 지옥처럼 뜨거우며,
천사처럼 아름답고, 사랑처럼 달콤하다.
- 영국 속담 -

홀로 또는 마주 보며,
굿모닝, 커피!
—

아침이야 이 세상 어느 구석인들
날마다 찾아들 수밖에 없지.
그래서 오늘도,
굿모닝, 커피!

커피도 이 세상 무수한 혀끝에
달콤하게도,
쌉쌀하게도 스미게 마련이지.
그래서 아침마다,
굿모닝, 커피!

열대의 커피농장 위에도
어김없이 아침 해는 떠오르는데,
눈부신 햇살이란 정녕
자비로운 신의 축복일까?

아니면, 한없이 속절없이 흘러내리는
땀이나 고작 독촉하는
가혹한 신호에 불과할까?

굿모닝, 커피!
커피열매 따는 고사리 손마다
행복이 가득하기를!
굿모닝, 커피!
원두 볶는 알바 주머니도
너나없이 모두 두둑하기를!

남몰래 흘리는 눈물이 사라질 때,
시도 때도 없이 새는 한숨도 그칠 때,
비로소 그 누구나 거리낌 없이,
굿모닝, 커피!

홀로 또는 마주 보며,
누구나 미소하며,
굿모닝, 커피!

일요일 아침, 맑은 하늘.
굿모닝, 커피!
정겨운 향기에 내 가슴이 열린다.

온 세상 모든 지붕 아래
가슴마다 활짝 열려라.
묵은 앙금 털어버리고
감출 것이란 하나도 없이!

커피 잔은 활화산 분화구인가?
용솟음치는 향기
가슴마다 신비로운 메아리로 변해
삶의 지혜 용암처럼 흘러내리기를!

그리하여 오늘 하루도 활기차게,
언제나 어디서나 서로 푸근하게,
굿모닝, 커피!

혀가 풀리면,
굿모닝, 커피!

—

월요일 아침, 흐린 하늘.
굿모닝, 커피!
오랜만에 진한 블랙커피,
나도 모르게 스르르
혀가 풀린다.

보이지 않는 사슬에 묶인 혀들이야
그 얼마나 많은가?
문명이든 야만이든
어딘들 없겠는가?

흐린 하늘 아래에서도,
굿모닝, 커피!
온 세상 그 어느 구석에서도
모든 혀가 한껏 풀리기를!

커피 한 잔에 목숨을 걸라.
혀가 풀리면 환하게 미소하며,
굿모닝, 커피!
단 하루라도 참된 자유를 위하여,
굿모닝, 커피!

커
피
의

자
유

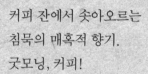

커피 잔에서 솟아오르는
침묵의 매혹적 향기.
굿모닝, 커피!

가면 쓴 협박의 먹구름 흩어버리고
피비린 내 머금은 바람도 잠재워라.
따뜻한 봄날에도 불구하고 오한에
와들와들 떠는 사람 보이지 않게!

다시금, 굿모닝, 커피!
오늘도 상상하라, 누구나 자유롭게!
전후좌우 눈치 볼 것도 없이,
마음 편하게 서로 즐겁게
대화를 하라!

모든 입이 열려 와글와글 시끌벅적,
바로 그것이야말로 커피의 자유!
아아, 굿모닝, 커피!

커피 한 잔에 천 리 만 리
끝없는 길.
멀어져만 가는 유리창에 맺히는,
반딧불 같은
마지막 시선들.

젊은 날의 기약 없는 한숨도,
노년기의 희미한 미소도
커피 한 잔에 고인 향기일 뿐.
새벽이슬 같은,
가슴 저미는 추억일 뿐.

그래도 마주 보며 싱긋이,
굿모닝, 커피!
때로는 홀로 허공을 향하여,
굿모닝, 커피!

시각장애인을 위하여

지하철역 만원 계단 조심조심 오르는
안내견에게도,
왼손은 손잡이를, 오른손은 가죽 끈을
꽉 잡은 시각장애 청년에게도,
굿모닝, 커피!
내일 아침에도 역시,
굿모닝, 커피!

모든 것을 볼 수 있다고 해서
모든 것을 보는 것은 결코 아니다.
모든 것을 본다고 해서
그걸로 행복하다는 것도 절대 아니다.

세상에는 보기 싫은 것이 더 많고
보아서는 안 되는 것도 더 많게 마련.
보지 않아야 속이 더 편한 것이란

그 얼마나 부지기수인가!

어느 누구의 몸이든, 귀한 몸이든 아니든,
몸이란 어딘가 불편하게 마련.
모든 구석이 정상이라 해도
언젠가는 장애에 직면하게 마련.
정도의 차이가 있을 뿐,
그런 대로 각자 살아가면 그만 아닌가?

이것저것 마음대로 보면서도
더 지혜롭지는 못한 사람들,
어찌 하나둘 이루 다 헤아리겠는가?
그래도 조금이나마 개선을 기대하며,
내일 아침에도,
굿모닝, 커피!

아무리 보고 싶어도
아무 것도 보지 못하는 사람들,
그들에게도 언제나 어디서나,
굿모닝, 커피!
더욱 힘차게!

하루살이를 위하여,
굿모닝, 커피!
—

무심코 내려다보는 커피 잔
수면 위로
하염없이 펼쳐지는 바다.
한사코 밀어대는 뒷 파도에 못 이긴 채
해안 절벽에서 천둥으로 변신하는 산화.
모래톱에서 맥없이 부서지는 파도들.

파도는 파도일 뿐,
앞이든 뒤든
결국에는 무슨 차이가 있겠는가?
하지만 출렁이고 있는 한 언제나 멋진
파도들을 향하여 미소하며,
굿모닝, 커피!

해안에 닿기도 전에 이미 수평선 너머
고개 숙이는 바다가 있다면,
그 얼마나 감동스러운 겸허함인가!

하루살이가 새벽부터 이미
하루의 길이를 깨닫는다면,
그 얼마나 아름다운 일생인가!

무한한 듯 유한한 바다에게도,
굿모닝, 커피! 엄숙하게!
유한한 듯 무한한 하루살이에게도,
굿모닝, 커피! 유쾌하게!

모든 것에 감사하며,
굿모닝, 커피!

발가벗고 태어난다니?
오히려 너무 많이 입고 나오지.
무수한 유전인자…

발가벗고 간다니?
오히려 너무 많이 가지고 가지,
땅 속으로든, 허공으로든.
수많은 추억, 경험, 범죄, 후회…

유전자든 물이든 공기든
뭐든지 창조해준 그분에게,
굿모닝, 커피!
모든 피조물에게도,
굿모닝, 커피!

돌, 산, 바다, 심지어 모래 한 알에게도,
억울하게 처형당한 모든 희생자들에게도,
모든 전사자들에게도,
굿모닝, 커피!

생물이든 무생물이든,
물건이든 사람이든,
그 생성과 소멸이란 모두가 나름대로
역할을 하여 가치 있게 마련 아닌가?

그 설계자에게 감사하라!
그리고 날마다 각자 지난날 반성하며,
굿모닝, 커피!

2장

산책 후, 굿모닝, 커피!

아침 커피 한 잔은 활력이 넘친다.
오후나 저녁의 홍차 한 잔은 유쾌하지만 활력은 없다.
- 올리버 웬델 홈즈 -

티 테이블 위까지 기어 올라온
한 마리 개미.
거기가 안전한지 위험한지 따위는
알 리도 없고
무심한 시선에는 하찮은 곤충일 뿐.

하지만 천 배 만 배 확대된다면
지상에서 가장 무시무시한 괴물.
아무리 깨알 같아도 무수히 모인다면
천하무적의 대군.

조용히 커피 잔을 들어
개미에게,
굿모닝, 커피!
무수한 일꾼개미 모두에게도,
굿모닝, 커피!

_네팔 카트만두에서

검둥개에게도,
굿모닝, 커피!
—

경사진 풀밭에 엎드린 채
건너편 언덕
계단식 마을을 응시하는 검둥개 깔레.
무엇을 그리 유심히도 바라보고 있을까?
무엇인가 생각을 하기는 할까?

마르면 먼지구름 피워 올리고
비가 오면 진흙 수렁으로 변하는 길.
길이란 으레 수천 년 동안
그런 거라 믿고 사는 사람들.

그래도 적갈색 벽돌집에
기와지붕들이 옹기종기.
십여 층 고급 아파트도 서너 군데
우뚝 솟은 마을.

모든 주민들을 향하여,
굿모닝, 커피!

부귀도 영화도 알 리가 없고
알 필요조차 느끼지 못한 채,
주인에게 평생 충실하기만 한
주교관 검둥개 깔레를 향하여도,
굿모닝, 커피!

_네팔 카트만두에서

밀밭 사이 둑길 따라 한 시간
산책 후
블랙커피 한 잔.
굿모닝, 커피!

계곡 건너 비탈에 다닥다닥
적갈색 지붕들.
평화를 사랑하는 모든 이에게,
굿모닝, 커피!

가난하면 가난한 대로 정직하게!
고달프면 고달픈 대로 성실하게!
그렇게 오늘도 사람답게 살기 위해
열심히 일하는 모든 이에게,
굿모닝, 커피!

_네팔 카트만두에서

무
너
지
면
무
너
진
대
로

대지는 사람을 낳고 기른다지만
어쩌다 몸부림치면 죽이기도 한다.
격진이 느닷없이 닥쳐
사방에서 와르르와르르,
왕궁이든 신전이든 가릴 리도 없이
수많은 건물이 무너지고 부서진다.

무너지면 무너진 대로,
부서지면 부서진 대로
여러 해 지나도 고스란히 남은 상처.
흙더미, 돌무더기는
하늘 높이 치솟는 오만과 어리석음이란
언젠가 반드시 붕괴하고야 만다고 외친다.

관광객들은 눈이 멀어 보지 못하고
시민들은 귀가 먹어 듣지 못하는가?
이런들 저런들 세월은 여전히 흐르고
허기진 배, 마른 피부만 늘어 가는가?

대지의 품에 안긴 모든 이를 애도하며
오늘도 조용히,
굿모닝, 커피!
절망의 밤 밀쳐내고 다시 솟아오르는
태양을 향하여,
굳은 각오로,
굿모닝, 커피!

-네팔 카트만두에서

물방울

—

이른 새벽 유리창에 맺힌
물방울들이야
밤새 떠나간 이들이 남긴
마지막 눈물이겠지.

감사하는 것일까?
참회일까?
아니면, 버리지 못한 미련일까?

굿모닝, 커피!
샤워 후 타일 벽에 흩어진
물방울들은
무수한 경로로 응결된 불의,
그 흔적일까?
아니면, 폭발 직전에 도달한
불공정의 화산일까?

커피 잔에 말없이 고이는
허전함.
굿모닝, 커피!

아무리 되씹어도 뒷맛이
영 개운치 않은
무수한 뒷모습.
그럼에도 불구하고,
굿모닝, 커피!

_네팔 다마크에서

최고도 최저도 없다

두메산골에서 자란 소년이 어느 날
대륙을 휩쓸어 황제가 된다.
그리고 불과 십 년 뒤 사라진다,
무너진 제국과 함께,
쓰러진 무수한 시체와 함께.

오늘도 누군가 수백 수천 억 달러를 번다,
누군가는 파산하고.
그러나 승자도 패자도 없는 세상,
누구나 때가 되면 퇴장한다.

언제? 어디서?
그런 게 무슨 의미가 있는가?

사람과 사람 사이에는 언제나
가장 높은 자도 가장 낮은 자도 없다.
누구나 남보다 조금 높거나
아니면, 조금 낮을 뿐.

고개 숙이는 법을 배워라.
팔을 벌려 끌어안을 줄도 알라.
그러고 나서야 비로소,
굿모닝, 커피!

아무리 부유해도 가장 부유할 리 없고,
아무리 가난해도 가장 가난할 리도 없다.
그러니까 언제나 겸손하게,
부끄러울 게 없이 유쾌히,
굿모닝, 커피!

_네팔 카트만두에서

참으로 멋진 일생이란

전혀 바라지 않았던 일 닥친다 해도,
굿모닝, 커피!
바로 그것이야말로
가장 바람직한 것 일 런지
누가 어찌 알겠는가?

알쏭달쏭한 일들이 공교롭게도
연달아 밀려온다 해도,
굿모닝, 커피!
세상만사 돌고 돌아 때로는
억울하겠지만
결국에는 사필귀정!

실망도 감격도 모두 부질없는 짓.
폭소인들 통곡인들 어찌
세상만사 제 뜻대로 바꾸겠는가?
그러니, 굿모닝, 커피!

참으로 멋진 일생이란
황혼을 바라볼 때에도 변함없이
마음 터놓고 무슨 이야기든 서로 통하는
친구와 함께 걸어가는 것.

그러한 친구를 위하여,
그러한 친구가 되기 위하여,
다 함께 잔을 들어,
굿모닝, 커피!
굿모닝, 커피!

_네팔 카트만두에서

자유다운 자유 하루만이라도

쭈주찌이! 쪽! 쪽!
치르치리! 치이! 치이!
새벽 창가에 경쾌한 새소리.
배가 고프겠지 자고 나니.

굿모닝, 커피!
지난 밤 악몽이란 모두 잊어라.
허망한 길몽에 매달리지도 마라.
그렇게 노래하는 이 새, 저 새,
온갖 잡새들.

새소리는 새조차도 모르는
하늘나라의 계시일 테지.
오로지 고요한 심금만
오늘도 울려주는
무상의 멋진 오케스트라!

굿모닝, 커피!
하늘에 날아다니는 새를 보라.
자유다운 자유 마음껏 누려보라,
오늘 단 하루만이라도!

_네팔 카트만두에서

방 빼!
—

방 빼!
그 소리에 기죽을 건 없지.
굿모닝, 커피!
담배 한 대 마지막,
그리고 허허 웃고 떠나면 그만.

방 빼!
오만하게 호통 치던 그 자도
때가 되면
자기 역사 떠나고야 말지.
굿모닝, 커피!
그럴 여유도 없이.

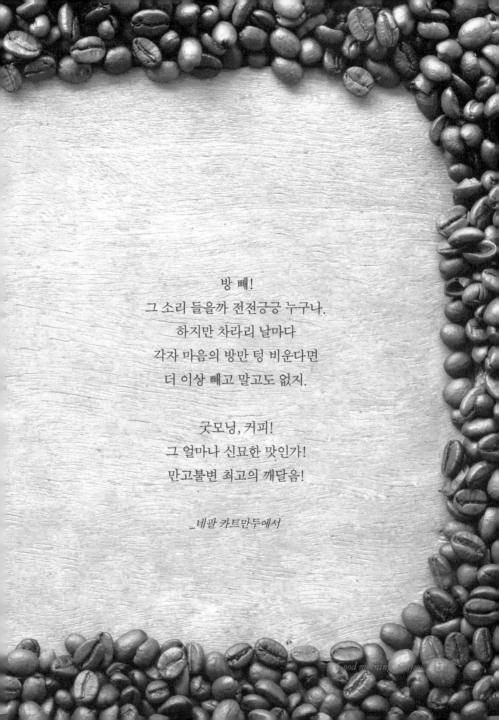

방 빼!
그 소리 들을까 전전긍긍 누구나.
하지만 차라리 날마다
각자 마음의 방만 텅 비운다면
더 이상 빼고 말고도 없지.

굿모닝, 커피!
그 얼마나 신묘한 맛인가!
만고불변 최고의 깨달음!

_네팔 카트만두에서

모든 노숙자에게,
굿모닝, 커피!
—

드넓은 바다 물결 가르는 배는
노숙자지.
하늘을 가로질러 가는 비행기도
역시 노숙자.

지구마저 한 점 노숙자,
무한한 우주 공간 하염없이
어디론가 흘러가고 있는 것.

지상의 무수한 노숙자들에게,
굿모닝, 커피!

자기가 노숙자인 줄도 모른 채,
어디로 가고 있는지도 모르는
평범한 모든 이들에게도,

굿모닝, 커피!

잘 나도 별 볼 일 없는,
못 나도 부끄러울 게 없는
모든 사람들에게,
오늘도 힘찬 박수를 보내며,
굿모닝, 커피!

_네팔 카트만두에서

굿모닝, 담배!

아침에 첫 담배 입에 물 때마다
굿모닝, 커피!
하늘하늘 피어오르는 연기 속에
느닷없이 솟아오르는 히말라야 산맥.

한 나절 버려진 꽁초를 모으면
아마도 수백 수천 에베레스트.
그럼에도, 아니, 바로 그러니까
온몸에 스며드는 뭉게뭉게 의문.

오늘은 몇이나 승천할까?
다른 이유의 추수보다 더 많을까?
이런들 저런들 어차피 떠난다면
한사코 막은들 무슨 소용일까?

굿모닝, 커피!
굿모닝, 담배!
짜증날 때 한 대, 초조할 때 한 대,
슬플 때나 기쁠 때나 충성으로 한 대!
이유가 있든 없든 무조건 한 대!

히말라야가 무너져도 여전히 한 대,
그래서, 굿모닝, 담배!
이어서, 굿모닝, 커피!

_네팔 카트만두에서

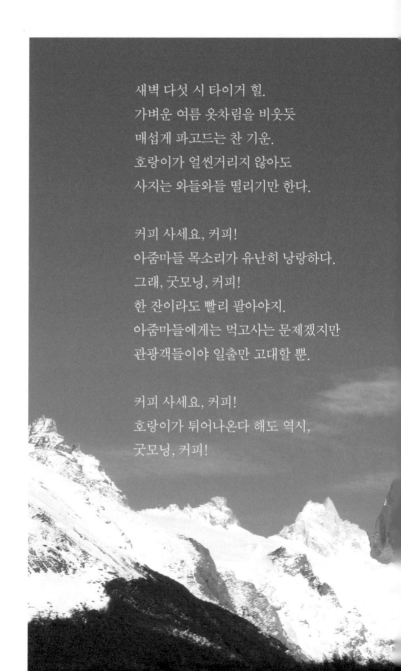

네팔 일출을 맞이하며, 굿모닝, 커피!

새벽 다섯 시 타이거 힐.
가벼운 여름 옷차림을 비웃듯
매섭게 파고드는 찬 기운.
호랑이가 얼씬거리지 않아도
사지는 와들와들 떨리기만 한다.

커피 사세요, 커피!
아줌마들 목소리가 유난히 낭랑하다.
그래, 굿모닝, 커피!
한 잔이라도 빨리 팔아야지.
아줌마들에게는 먹고사는 문제겠지만
관광객들이야 일출만 고대할 뿐.

커피 사세요, 커피!
호랑이가 튀어나온다 해도 역시,
굿모닝, 커피!

미완성 전망대에 빼곡한 군중이
함성을 내지르든 말든,
해는 어쩔 수 없이 밀리고 밀려
산봉우리 위로 떠오를 뿐.
그래서 다시금,
굿모닝, 커피!

_인도 다질링에서

주 : 타이거 힐Tiger Hill은 인도 다질링의 산봉우리 명칭인데
    호랑이가 출몰한다고 한다.

전직 인간들

단두대에서 목이 뎅강 잘린 왕.
한 때는 남의 목 마구 잘랐지만
이제는 전직 국왕,
그리고 전직 인간.
그냥 물건일 뿐.

권좌에서 쫓겨나 달아나거나
감옥에서 재판 기다리는 대통령들.
고작 몇 년 마구 해먹다가
이제는 전직 국가원수,
머지않아 전직 인간.
지금은 그냥 산송장.

황제인들 뭐가 다른가?
나머지 무수한 사람들인들 역시!
오늘은 먹고 마시고 희희낙락,
언젠가는 반드시 전직 인간!
누구나 예외 없이 피장파장!

그러니까 살아있는 동안 정직하게,
굿모닝, 커피!
착하게, 친절하게, 서로 도우며,
우리 모두의 평안을 위해,
굿모닝, 커피!

_네팔 카트만두에서

히말라야 안개

오늘 아침에도 짙은 안개
히말라야 능선 모두 삼키고,
한여름 아스팔트 얼음조각 녹듯
안개 속으로 사라지는 여객기들.

베란다에서
조용히,
굿모닝, 커피!

도착하는 사람들은 여기
얼마나 오래 머물 수가 있을까?
떠나가는 사람들은 행여나
다시 돌아올 수가 있을까?

베란다에서
홀로 미소하며,
굿모닝, 커피!

안개에게 물어보면 알 수 있을까?
자기 때를 기다리는 태양은 알까?
굿모닝, 커피!
굿모닝, 커피!

_네팔 카트만두에서

너무 큰소리 치지 마라
—

공든 탑이 무너지랴!
하지만 무수한 탑들 가운데
무너지지 않은 것은 과연 몇인가?

사람의 손이 세운 것이란
사람의 손으로 파괴되게 마련.
온갖 풍상 아무리 오래 견딘다 해도
탑이란 고작해야 돌무더기일 뿐.

멋지게, 높이 솟은 탑들을 위해,
굿모닝, 커피!
그 아름다움, 그 가치 음미할 줄 아는
모든 사람들에게,
굿모닝, 커피!

무너진 탑, 사라진 탑을 향해서도,
굿모닝, 커피!
그런 탑에 온갖 정성, 모든 땀을 바친
장인들과 일꾼들에게도,
굿모닝, 커피!

공든 탑이 무너지랴!
너무 큰소리칠 일 결코 아니다.
완성되고 나면, 오직 겸손하게,
굿모닝, 커피!

_네팔 카트만두에서

3장
·

흐린 날에도, 굿모닝, 커피!

젊은이들이여, 커피나 홍차의 노예는 되지 마라.
– 윌리엄 코베트 –

태풍에게도, 굿모닝, 커피!

산더미 큰 파도가 밀려오고
잔물결들은 멀리 밀려 사라지고
무수한 조각배들은 한없이 표류 중.
그래도 마음 가라앉히고 의연하게,
굿모닝, 커피!

온 바다 뒤흔드는 태풍인들
제 풀에 사그러지지 않고 배기겠는가?
하물며 태풍의 눈 아래 철도 없이
마구 날뛰는 파도 나부랭이야!

시간은 거침없이 흐르고
오만한 힘은 절벽에서 콩가루,
바람에 날려
흔적이란 하나도 없게 마련이다.

굿모닝, 커피!
한여름 흰 벽을 타고 뻗어나가는
담쟁이덩굴, 그 침묵의 생명 자체는
수백, 수천만 입의 찬미가보다
신에게는 더 장엄하고
아름다운 영광이 아니겠는가!

굿모닝, 커피!
짓밟혀 시들어 가는 길가 잡초인들,
구석구석 남몰래 흐르는 눈물인들,
탄식인들
그 역시 가장 고귀한
신의 영광이 아니겠는가!

태풍이 문득 지나가 버리고 나면
밤하늘에 무수히 새로 떠오르는 별들!
내일 아침에도 변함없이,
굿모닝, 커피!

부드러운 침대, 거친 바닥,
어디서든
잠이 들면 일단은 죽는 것.
그리고 눈을 뜰 때마다
부활한다.
날마다 반복되는 부활.

하지만 너나없이 누구나 모두
아침마다 부활하지는 못한다.
어느 누구든 지상에서는
부활을 영원히 반복할 수도 없다.

그러니까 부활할 때마다,
굿모닝, 커피!
무상의 행운에 감사하며,
굿모닝, 커피!

부활할 때마다, 굿모닝, 커피!

착하게, 정직하게, 자비롭게만 산다면,
언제 어디서 눈을 감은들
죽음이 그다지 두려울 리도 없겠지.
만족의 미소 머금은 채
오늘도 변함없이,
굿모닝, 커피!

조그마한 자유라도 감사하며

아이들 놀이터 담장에
싱싱한 덩굴장미는
한꺼번에 폭발하듯 수많은 함박 미소.
인적 드문 골목길은
러시아워도 잊은 듯.
굿모닝, 커피!

종종걸음으로 숨 가쁜 사람마다
골치 아픈 문제들이 기다린다 해도,
강 건너 미친개들이
해를 향해 무섭게 짖어댄다 해도,
굿모닝, 커피!
어찌 한 잔 아니 들겠는가?

골칫거리란 골치를 썩혀
풀어버리면 그만.
당장 풀리지 않는 것이란
잠시 내버려둔 채
각자 마음부터 바로 잡으면 그만.

미치광이든 천치든
숨넘어간 뒤에나
비로소 영영 조용해지게 마련.

기다려라!
하나, 둘, 셋, 네 세대가 아니라면
열 세대 백 세대까지도 각오하라.
지나간 문제들은 모두 애들 장난,
어리석은 자들의 눈먼 게임이 아닌가?
그러니 오늘
조그마한 자유라도 감사하며,
굿모닝, 커피!

비에 젖어, 굿모닝, 커피!

비야! 비? 야아!
비 와! 비? 와아!
애간장 모조리 태워버리던 긴 가뭄 끝에,
비야! 비 와! 비라고!
너나없이 흠뻑 젖으며 흐뭇하게,
굿모닝, 커피!

한밤에 한 마을 몽땅 휩쓸어버린
산사태야
어찌 미리 알아 손을 쓰겠는가?
한숨에 수만 리 진흙탕 바다로 둔갑하는
대홍수야
인력으로 어찌해 보겠는가?

아니, 지금이 무슨 석기시대라고
그게 사람 입에서 나올 공염불인가?

밤낮 검은 돈 세기에도 바빠 죽을 테지만,
치산치수!
그야말로 근본 중에도 근본 아닌가?

댐이야 쌓든 허물어버리든,
마음대로!
강이나 바다야 막든 터버리든,
마음대로!
잘 살아보든 제 무덤 파든,
마음대로!
선진국으로 치솟든,
종속으로 까무러치든!

하지만 애간장 다 타 남은 것도 없는
오늘 아침만은,
비야, 비! 비 와, 비!
무념무상의 미소 향연으로 날리며,
굿모닝, 커피!
하염없이, 굿모닝, 커피!

알쏭달쏭, 굿모닝, 커피!
—

물 위를 스치는 바람을 보라.
물결이 가라앉으면
바람은 어디로 가버린 것인가?

바람은 물결인가?
아니, 물결이 바람인가?

뇌리에 스치는 생각을 보라.
감정이든 욕구든 사그러지면
생각이란 과연 무엇인가?

사람은 생각인가?
아니, 생각이 사람인가?

지상 어디나 휩쓰는 바람,
돈 바람을 보라.
돈이 바로 바람인가?
아니, 바람이 곧 돈인가?

알쏭달쏭한 모든 것을 향하여,
굿모닝, 커피!
알다가도 모를 일들 때문에도,
굿모닝, 커피!

흐린 날에도, 굿모닝, 커피!
—

오늘은 흐린 날씨에
무더위도 한풀 꺾인 듯,
굿모닝, 커피!

현관 밖 은행나무에 걸린
온도계는 드디어 무용지물,
실내 에어컨도 과열에 정지.

그래도 잔을 들어,
굿모닝, 커피!

그 동안 맥을 전혀 못 추던
선풍기가 새삼 반가워,
굿모닝, 커피!
제 세상 홀로 만난 듯 활개 치며
씽씽 돌아가는 날개를 향하여,

굿모닝, 커피!

느닷없이 닥치는 정전 사태에
선풍기마저 멈추면
믿을 것이라고는 부채,
그리고 마지막 남은 인내뿐.

그러니까 흐린 날에도 웃으며,
굿모닝, 커피!

돈이 조금 생기면 제일 먼저 책을 사고
그러고도 남으면 빵을 샀다고 하는
철학자가 한 때 어딘가 살았다고 한다.
책 속에는 길이 있다고 하니,
그 철학자의 소박한 신념을 위하여,
굿모닝, 커피!

그 길이 끝내 이르는 곳이 생사
어느 것인지는 철학자도
끝까지 걸어가 본 뒤에야 비로소 알 테지.
고깃덩이나 술병을 외면하던 순간 따위란
후회할 가치조차 결코 조금도 없을 테지.

하지만 그 길이란
결국 무엇일까?

유한한 목숨을 제단 위에서 불태워
무한한 길을 깨닫는다고 한다.
하지만 그 길이 닿는 곳이 어디인지는
제아무리 성자라 해도
끝까지 가봐야만 알 수가 있을 테지.

단단한 듯해도 길이란
결국 사라지는,
원래 허공에 불과한 것.

우리가 길을 길이라고 믿는
그 순간들만
우리 뒤를 따라오고 있지는 않을까?

길을 걸어가는 중이라고 다짐하는
그 신념만
우리 뇌리에서 공연히
맴돌고 있는 것은 아닐까?

돈이 조금이라도 생기면
모두 털어 책을 사자.
굶어 죽든 말든,
걱정 따위 모조리 던져 버리자.
책 속에 길이 있든 없든
따지지도 말자.

독서하는 동안 최대의 만족을 누리며,
굿모닝, 커피!
그 만족 자체가 곧 길이라고 믿으며,
천하의 그 무엇에도 흔들리지 않은 채,
굿모닝, 커피!

한바탕 폭우가 쏟아지는 거리.
느닷없는 소나기 피한 곳은
낙성대 근처 헌책방 그 옆
빌딩 입구 처마 밑.

문득 하염없이 간절해지는
커피 한 잔.
아, 굿모닝, 커피!

담배 한 대에 그치는 비.
화단 어린 소나무 가지는
꺾이지 않아 다행이다.
솔가지마다 줄줄이 매달린 빗방울만
눈부시게 투명하다.

모든 이슬방울들을 향하여,
굿모닝, 커피!

자세히 살펴보니 그 빌딩은
바로 장애인 복지 센터가 아닌가!
어딘가 몸이 불편하다 해도
모두 내내 편안히 지내기를!
그래서 간절한 마음으로,
굿모닝, 커피!

다시금 곰곰 생각해 보니,
세상에 장애인 아닌 자 어디 있는가?
누구나 어딘가는 불편하기 마련이지,
몸이든 정신이든!
단 하나의 예외도 없이!

대도시가, 한 나라가, 아니, 지구 전체가
그야말로 장애인 복지 센터가 아닌가!
그러니 아무런 거리낌도 없이,
굿모닝, 커피!
너도 나도 가릴 것 없이, 장애인들 끼리,
우리 모두 사이좋게,
굿모닝, 커피!

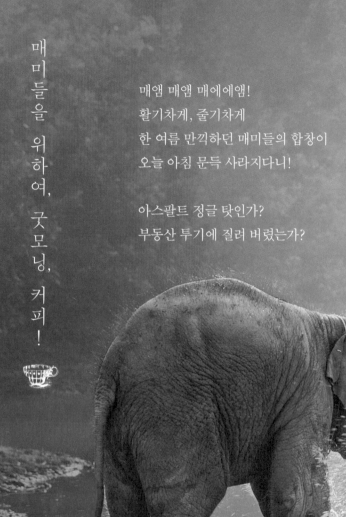

매미들을 위하여, 굿모닝, 커피!

매앰 매앰 매에에앰!
활기차게, 줄기차게
한 여름 만끽하던 매미들의 합창이
오늘 아침 문득 사라지다니!

아스팔트 정글 탓인가?
부동산 투기에 질려 버렸는가?

허리케인에 겁먹어 자지러졌는가?
도대체 이놈의 날씨 얼마나 무덥기에
자기들의 유일한 한 철마저 버리는가?

숨죽인 채 어딘가 숨어 있을
매미들을 위하여,
굿모닝, 커피!
길가의 모든 잡초를 위해서도,
돌판의 이름 없는 모든 꽃을 위해서도,
굿모닝, 커피!

개털에게, 굿모닝, 커피!
—

개는 털가죽 단 하나뿐.
털이 왜 자라는지 알 리가 없다.
털이 왜 빠져나가는지도.

어느 바람이 불든 그냥
이리저리 구르다가
개털은 개털 끼리 뭉친다.

덩어리가 커지면 갈라지기도 하지만
클수록 다른 털이 더 잘 붙는다.
그래봤자,
개털은 개털일 뿐.

수십 억 수백억인들 지상에 출현한 이래
이 바람 저 바람에 굴러다니는 주제에

사람이라 해서 개털과 무엇이 다른가?
인생이 정말 무엇인지 알고나 사는가?
죽음이 무엇인지
어느 누가 깨닫고 간단 말인가?

안다고 떠드는 자들의 처신을 보라.
깨달았다고 우기는 자들의 유산을 보라.
아무리 그래봤자,
거짓과 위선은 공허할 뿐.

그러니까 오늘도 텅 빈 마음으로
개털에게,
굿모닝, 커피!
인생을 알든 모르든,
따질 것도 없이
그냥 살아가는 모든 이를 위하여,
굿모닝, 커피!

가로등에게, 굿모닝, 커피!

밤길에는 더할 나위 없이 고맙지만
날이 밝으면 거들떠보는 사람도 없다.
가로등,
제각기 적절한 자리에서
우뚝 서 있는 가로등.

진흙탕, 맨홀, 골목 끝 밝혀주느라
밤새 고생한 가로등에게
아침마다 감사하는 마음으로,
굿모닝, 커피!

CCTV가 마음에 걸리는 자라면
반드시 어딘가 수상하다.
그런 자일수록 가로등을 발로 찬다.
쇠구슬을 새총으로 쏘아 깨어버린다.
불도저로 밀어 쓰러뜨린다.

멀쩡한 발전소도 아예 문을 닫아 버린다.

그런 짓 하다가 어떤 자는 쇠고랑 차고
어떤 자는 목을 매단다.
한강 물에도 풍덩!
돈 가방 움켜쥐고 해외로 줄행랑!

시골 절벽은 낙화암이나 된 듯
성지 순례자들로 인산인해라니!
그런 주제에 언제나 법을 내세운다.
법대로 하자! 하하하하!

사람답게 살지 않은 자들을 위해서도,
굿모닝, 커피!
반면 교사 하느라 수고가 많기도 하니!
어느 시대나 어느 대륙에서나 반복되는
그들의 말로를 향하여도,
굿모닝, 커피!

높이가 천차만별인 가로등,
굵기도 하나같이 서로 다른 가로등,
그러나 밤마다 자기 자리에서 말없이
위험한 길 밝혀주는 가로등,
모든 가로등에게 날마다 감사하며,
굿모닝, 커피!

상식을 위하여, 굿모닝, 커피!

숨기면 숨길수록 더욱 비열할 뿐,
결국에는 숨길 길도 없는 것이란
자화자찬의 마각 아닌가?

남의 주머니나 탈탈 털어
자선사업가인 척, 성자인 척 행세하는
수많은 사기꾼, 선동가, 도둑, 강도,
결국에는 역적들!
아무리 개나발을 찧고 까불어도
빤히 드러나고야 마는
그 엉큼한 마각!

탐욕의 마각 수시로 싹뚝싹뚝 자르는,
시퍼런 작두 날 같은
무수한 투표용지를 향하여,
굿모닝, 커피!

군중심리, 인정, 지연, 학연 등등에도
휘둘리지 않은 채,
가짜 뉴스에도 속지 않은 채,
오로지 양심껏 투표할 따름인 사람들,
진짜 똑똑하고 무서운 사람들,
그들의 건전한 상식을 위하여,
굿모닝, 커피!

상식을 벗어버린 민심이란 광기 아닌가?
광기를 막무가내로 부추기는 약속이란
독약 중에도 가장 확실한 극약이 아닌가?
어느 쪽이든 결국에는 자멸의 길!

우리 모두 끝까지 살아남기 위하여
오늘도 슬기롭게,
굿모닝, 커피!

Good morning, Coffee!

그 날 그 아침에도,
굿모닝, 커피!

—

한두 사람이 떠나가는 것이 아니라
한 세대가 모조리 사라지는 것이다.
두메산골이나 어촌 한두 군데가 아니라
지구 전체에서 말끔히 증발하는 것.

하지만, 굿모닝, 커피!

우리는 그 사실을 모르는 게 아니라
애써 외면한 채 모른 체 할 뿐.
그것도 한두 번에 그치는 게 아니라
어김없이 언제나 반복된다는 사실마저도.

하지만 여전히, 굿모닝, 커피!

한 세대가 가고
새 세대가 그 자리를 차지하면,
세상은 온통 더 멋지고
더욱 더 행복해지리라
쉽게도 기대하고
큰소리 탕탕 자부도 하겠지만,
제자리걸음은커녕 천리만리 후퇴하기 십상.

목이 타면, 굿모닝, 커피!

한두 세대가 보이지 않는 것이 아니라
뒤이을 세대가 전혀 없는 날
그 날은 과연 올 것인가?

그래, 느닷없이 닥친다 해도,
그 날 그 아침에도,
굿모닝, 커피!

세상이 아무리 변해도,
굿모닝, 커피!
—

집집마다 어머니 손맛 듬뿍
자만하는 요리가 있었지.
가난하든 부유하든 나름대로 아이들은
무럭무럭 자라 구석구석 기둥이 되었지.

불과 수십 년에 걸친 변화의 격랑,
눈부신 게 아니라 현기증을 격하게 일으킨다.
시골 구석까지 파고든 고층 아파트 숲이란
날짐승 길짐승은 쫓겨나고
인간 짐승만
우글우글 아웅다웅 겨루는 원형 경기장.

아스팔트 정글에 콩크리트 숲에도
열 걸음이 멀다 촘촘히 들어선 커피숍.

대개 한산하지만
어쨌든 유쾌하게,
굿모닝, 커피!

누구 네 누구 네 집이 아니라
일련번호 몇 동 몇 호로 불리는 임시 거처에는
가정도 가정 요리도 발붙이기 어려운 판에
가정교육인들 어찌 거기서 배겨나겠는가?

비빔밥 외국어 간판이 즐비하게 나붙은,
식당이 아니라 레스토랑 그 요리에
어머니 손맛 요리는 절멸하고
전국이, 전 국민이 중독된 지 이미 오래다.

아무리 그렇다 해도,
굿모닝, 커피!
세상이 아무리 변해도, 여전히,
굿모닝, 커피!

무심코 길을 걸으면 드문드문 서 있는
가로수 플라타너스.
그 많은 잎새들이야
찜통더위가 기승부리는 동안
참으로 일을 많이도 했지.
공짜라면 영혼마저 팔아먹을 듯
설치는 자들에게도
공짜 그늘 한없이 만들어 주었으니!

오늘도 서쪽으로 기우는 해를 보라.
한낮에도 바람결 서늘하더니
늦은 오후에는 벌써 가을 아닌가!

할 일 다 마치고 나서 앞뒤도 없이
하나 또 하나 떨어지는 잎새들,
그 아낌없는 살신성인에 감사하며,
그 미련 없이 단순한 소멸에 고개 숙여,
굿나잇, 커피!

핵탄두도 어린애 망가진 장난감처럼,
ICBM도 폭군의 고개 숙인 그 물건처럼,
태평양에든 쓰레기통에든 모조리 사라지기를!
굿나잇, 커피!

비굴함 없이 당당하게 쟁취한
진짜 평화 속에 내년 여름에도
가로수들 멋지게 서 있기를!
나 역시 공짜 그늘 아래
다시금 한가로이 땀을 식히기를!

그렇다!
양심적인, 상식적인 염원을 엮어,
굿나잇, 커피!
다시 만날 때까지,
굿나잇, 커피!

4장

·

행복한 순간, 굿모닝, 커피!

한 잔의 커피를 만드는 원두는
나에게 60여 가지의 좋은 아이디어를 가르쳐준다.
- 베토벤 -

편
안
한

자
리
,

굿
모
닝
,

커
피
!

자리를 마련해야지,
편안한 자리, 제 자리.
몸도 마음도 언제나 쉴 수 있는
한없이 아늑한 자리.
그래서, 굿모닝, 커피!

세상구경 어찌 구석구석 모조리 하랴?
다 본다 해도 성에 찰리도 없지.
철도 익을 만큼 익었고
단맛 쓴맛도 볼만큼 보았으니
이제는 정녕 마련해야지,
영영 편안한 자리, 제 자리.
그래서 다시금,
굿모닝, 커피!

가장 편안한 제 자리란 것이 참으로
피라밋, 타지마할, 진시황 무덤 따위일까?
넋이 떠난 몸이 뉘일 자리란
어느 누구든 고작 칠성판일 뿐이니,

엄숙한 표정으로,
굿모닝, 커피!

떠나온 곳도 없는데 어느 한 곳 차지하여
구차하게 거기 얽매일 건 또 뭔가?
한줌 재로 바람 따라 허공에 흩어지면
온 우주가 편안한 고향 아닌가?

세상만사! 허허허허!
허허허허(虛虛虛虛)!

가장 멋진 자리 마련한 이들을 위하여
가볍게 잔을 들어,
굿모닝, 커피!

가장 아늑한 자리 차지한 이들에게
무언의 칭송을 바치며,
영원히,
굿모닝, 커피!

믿
는
도
끼
에
도,
굿
모
닝,
커
피
!

믿는 도끼에 발등을 찍혀도,
굿모닝, 커피!
그럴 때일수록 더욱 차분하게,
굿모닝, 커피!

도끼는 우연히 떨어질 수도 있지.
네 실수로 내려칠 때도 있을 테지.
그러니 무조건 원망만 말고
우선, 굿모닝, 커피!

일부러 네 발등을 겨냥했다 해도
때로는 도끼가 빗나갈 수도 있지.
악의 품은 자가
오히려 자기 발등 찍기도 하지.
그렇다고 기뻐할 것도 없지만
하여간, 굿모닝, 커피!

잘 쓰면 한없이 유용한 도구,
잘못 다루면 목숨마저 위태로운 것,
그게 어찌 도끼뿐이겠는가?
돈도 권세도, 사랑도 명성도,
누구나 탐내는 것이란 모두 그런 것!

발등에 강철판 대고 나서,
굿모닝, 커피!
아예 발등조차 찍히지 않도록
언제나 조심하며,
굿모닝, 커피!

힘들 때마다, 굿모닝, 커피!

아, 힘들다! 힘들어 죽겠어!
바로 그 때야말로,
굿모닝, 커피!

아무리 죽을 지경이라 해도
곰곰 생각이야 해봐야 알지,
아직 목숨이 붙어 있는 한,
끝까지.

한 세상 살아가기란 원래
힘들게 마련이지 누구나.
하지만, 굿모닝, 커피!

즐거움도 제대로, 마음껏 멋지게,
복되게 언제까지나 누리기란
힘든 일이지.

슬픔을 초연히 견디어 내기란
그보다 더욱 고된 일이지.
그리고 그 뿐이니,
굿모닝, 커피!

태어나기는 사실 힘든 일,
낳기는 더욱 고된 일이지만,
그게 정말 그렇고 그래서 그 뿐일까?

죽기도 사실 힘든 일이지.
죽이기는 그보다 더욱 고된 일.
그러나 참으로 그 뿐일까?

누구나 힘들지, 언제나, 어디서나.
그래도, 굿모닝, 커피!
아침마다 찾아오는 새로운 하루.
그러니 언제나 과감하게,
미소하며,
굿모닝, 커피!

처음 만났을 때,
굿모닝, 커피!

처음 만났을 때, 들었던가?
굿모닝, 커피!
그러고 나면, 자기도 모르게
문득 온 세상이 사라지는 소리도
들었던가?

오로지 한 사람만이
온 세상을 차지하는 그 소리도
정녕 똑똑히 들었던가?

사랑이란 영원한 수수께끼,
어느 AI도 풀 수 없는 암호.

다가갈수록 더욱 멀어지는가 하면
달아날수록 더욱 세차게 추격해 오는,

한 점 흰 구름 같은,
담배 연기 같은,
역설의 전능한 힘.

처음 만났을 때에는 누구나
모든 것을 보아도
아무 것도 못 보는 눈에,
모든 것을 들어도
아무 것도 못 듣는 귀에
스스로 황홀해진 천치일 뿐.

하지만 그 힘을 느끼는 한
그 얼마나 아름다운 것인가,
처음 만났을 때란!

그러나 그 순간을 기억할 때마다,
굿모닝, 커피!
이미 허공에 사라졌다 해도
그 날의 추억만이라도 위하여,
굿모닝, 커피!

행복한 순간, 굿모닝, 커피!

산다는 게 원래 쉽지는 않아.
처음부터 끝까지 힘들어.
아주, 아주, 또 아주, 정말 힘들어.
때로는 눈앞이 캄캄해지기도 해.

하지만 그럴수록 더욱
눈 딱 감고,
굿모닝, 커피!

의기양양, 큰소리 탕탕 친다 한들
고작 메뚜기 한 철 밖에 더 하겠어?
사방 천 리가 자기 땅이라 선을 그은들
흙 한 줌도 자기 게 될 수 없는 말로!

그러니 허허허허 또는 우하하하
마음껏 웃으며,

굿모닝, 커피!

Carpe diem!
오늘을 잡아라!
남들 사는 거 따위
조금도 부러워할 거 없어.

커피 한 잔이나마 마음 놓고
즐길 수 있는 바로 그 때야말로
인생에서 가장 행복한 순간이야.
아니, 인생이란 원래 그런 거야.

그러니까 아무 유감없이,
굿모닝, 커피!
멋지게, 굿모닝, 커피!

꼴 보기가 역겨워도,
굿모닝, 커피!

—

꼴 보기가 역겨워도 그럴 때마다
그 사람을 향하여,
굿모닝, 커피!
너 자신을 위해서라도 다시금,
굿모닝, 커피!

정나미가 뚝 떨어져 등을 돌리는가?
그 사람을 향해서도,
굿모닝, 커피!
그거야말로 가장 멋지게
너 자신을 보살피는 유일한 길,
굿모닝, 커피!

매달린들 돌아설 발길이 아니라면
애걸한들 함께 쌓을 탑도 없겠지.

한없이 안타깝겠지만 그래도,
굿모닝, 커피!
더없이 아쉽겠지만 말없이,
굿모닝, 커피!

만났다고 해서 모두 잘된 일일까?
헤어진다 해서 모두 잘못일까?
이리저리 곰곰 생각을 씹으며,
굿모닝, 커피!
다가오는 무수한 날들을 향하여,
굿모닝, 커피!

회오리, 회오리, 회오리바람이란 것이
동서남북 사방에서 들이닥치더니
역시 동서남북 사방으로
길이란 길은 모조리 휩쓸고 간다.
검불도 낙엽도 덩달아 바람이 되고
꼴뚜기도 망둥이도 하늘높이 치솟는다.

욕심이란 부려본들 채울 길도 없고
야심이란 매달린들 이룰 것도 없으니,
아늑한 실내에서 이중 유리창 통하여
요지경 세상 침착하게 응시하며
오늘도 조용히 잔을 들어,
굿모닝, 커피!

하늘이 무너진들 솟아날 구멍이야 있지.
땅이 꺼진들 숨 쉴 구석이야 왜 없겠는가!
꿈도 야무지다 하겠지만

그나마도 없다면 무슨 맛에 살겠는가?
굿모닝, 커피!

천지를 뒤집을듯 설치는 회오리바람에도,
기죽지 말고, 굿모닝, 커피!
설령 불가항력 토네이도가 덮친다 해도
당당하게 맞서서, 굿모닝, 커피!

제 아무리 기세등등한 바람인들
순식간에 지나가게 마련 아닌가?
제 풀에 지쳐 어느 덧 사라지고 마는 것.
바람으로 일어선 자는
반드시 사필귀정 바람에 쓰러지는 법!
그러니 마음 푹 놓고, 굿모닝, 커피!

황혼에 붉게 물든 고향산천을 향하여
망부석인 양
하염없이 한숨만 토했을 뿐,
속절없는 세월 그 탁류에 휩쓸려
사라져버린 실향민 세대.

할아버지 할머니, 아버지 어머니,
그들 세대의 못 이룬 염원을 위하여,
굿모닝, 커피!
우리 세대에도 아직 풀지 못한
숙제를 명심하며,
굿모닝, 커피!

어찌 싫어서 버린 고향이겠는가?
어찌 등지고 싶어서 떠난 고향이겠는가?
남으면 죽고
오로지 떠나야만 살 수 있다면,

어느 누가 실향민의 길
감히 마다할 수 있겠는가?

고향이란 멀면 멀수록 더욱 그리운 곳.
명절이나 축제가 흥겨울수록
실향민들 가슴에 피멍은 더욱 굳어진다지.
아무리 애타게 그리워한들
돌아갈 수도 없는 곳,
가본들 이미 전혀 딴 세상!

사방을 둘러봐도 황토 민둥산에
굶주림과 죽음의 독기만 서려 있다니!
그래도 고향은 고향이라 하겠지만
마음이야 어찌 영영 안주할 수 있겠는가?

사람이 고향을 버린 것이 아니라
고향이 사람을 저버렸다면
그것이 어찌 늘 그에게 고향이겠는가?

차라리 악몽에서 깨어나듯
낡은 것은 아예 깡그리 잊어버리고
새로운 땅을 새 고향으로 삼아,
굿모닝, 커피!

폐품 수집 노인에게,
굿모닝, 커피!
—

하루치 신문에 담긴
인류의 희로애락이란 고작해야
태평양에 비 한 방울일 뿐.
그래도 아침신문 배달될 때마다
굿모닝, 커피!

일주일치 신문지 담은
검은 비닐봉지
폐품 수집 노인에게 건네준다.
손바닥만 한 빵
한 개 값도 되지는 못 할 테지.

아무리 힘이 들어도,
남들이 하찮게, 천하게 여기는 일이나마
부지런히 사지 움직여 계속하는

노인을 향하여, 굿모닝, 커피

　백발이 성성한 머리
꾸벅꾸벅, 고맙다고 말하는데,
키는 내 키에 절반가량이지만
착하게만 보이는 얼굴에 그 미소는
오히려 내 키를 두 배나 줄여 버린다.

　굿모닝, 커피! 굿모닝, 커피!
낡은 겨울 파카도 건네주긴 했어도
엇비슷한 또래 노인의 뒷모습에 비추어
나의 황혼은 과연 더 멋진 것일까?

　폐지 수집에 비해
돈, 정보, 지위, 명예 따위 수집이
정말 그토록 더 대단하고 잘난 일일까?
기이하고 신묘한 심경에 젖어
다시금 한 잔,
굿모닝, 커피!

피날레를 위하여,
굿모닝, 커피!
—

세상에서 가장 감미로운 피아노 소나타도
시작되는 순간 이미 피날레를 예고한다.
하지만 음미하는 동안
최대한으로 만족감을 만끽하면서
피날레를 위하여,
굿모닝, 커피!

언젠가 시작되지 않은 것이 도대체
어디 하나라도 있단 말인가?
언젠가 피날레에 딱 부딪치지 않는 것이
도대체 어디 하나라도 있단 말인가?

세상만사 세상만물이 어찌하여 눈에 보이 듯
그러한 지는 이해할 수 없다 해도,

슬퍼할 것도,
기뻐 날뛸 것도 없지 않은가?

길면 긴 대로,
짧으면 짧은 대로
모든 것은 소나기일 뿐.

누구나 단 한 번 맞이하는 피날레가
가장 아름다운 선율이 되기를 염원하며,
굿모닝, 커피!
우주에 충만한 모든 피날레를 위하여,
굿모닝, 커피!

어느 시인의 자기 성찰

나의 키는 보통인데 체격은 좋고 균형이 잡혔다. 안색은 짙은 편이지만 색조는 매우 고르다. 이마는 높고 상당히 넓다. 눈은 작고 깊이 들어갔으며 눈동자는 검다. 검은 눈썹은 숱이 많고 잘 생긴 형태다. 내 코에 관해서 말하기는 쉽지가 않다. 들창코도 아니고 매부리코도 아니며 살찌지도 않았고 코끝이 뾰족하지도 않다. 적어도 나는 그렇게 생각한다. 내가 아는 것이라고는 내 코가 작은 편이 아니라 큰 편이고 아래로 조금 너무 내려와 있다는 것뿐이다.

입은 크고 입술은 대게 붉은 편이다. 잘 생기지도 않고 못 생긴 것도 아니다. 이는 희고, 치열은 비교적 고른 편이다. 나는 턱이 조금 큰 편이라는 말을 들었다. 방금 거울을 들여다보면서 내 턱이 정말 그러한지 살펴보았는데 큰 것인지 어떤지 자신이 서지 않는다.

내 얼굴에 관해서 말하자면 사각형이 아니면 원형인데

어느 쪽에 속하는지는 단언하기 어렵다. 머리카락은 검고 원래 곱슬머리인데 숱이 매우 많고 길이도 매우 길어서 내 머리를 장식하는 좋은 머리카락이라고 말할 수 있다.

나의 표정은 약간 우울하고 오만하게 보인다. 그래서 나 자신은 조금도 남을 경멸하지 않는데도 불구하고 대부분의 사람들은 내가 남을 경멸한다고 여긴다. 나의 몸동작은 자유롭다. 심지어 너무 자유로워서 말을 할 때 몸동작을 매우 많이 한다.

이것은 내가 나 자신의 외관에 대해 솔직하게 관찰한 것이다. 그리고 사람들은 이것이 실제의 나 자신과 그리 다르지 않다고 깨달을 것이라고 나는 믿는다. 그리고 나 자신의 다른 요소들에 관해서도 똑같이 성실하게 다룰 것이다. 왜냐하면 나는 나 자신을 잘 파악하기 위해 충분히 고찰했고, 내가 구비한 장점들을 공공연하게 서술할 확신이 없는 것도 아니며, 단점들을 솔직하게 인정하는 성실성이 결여된 것도 아니기 때문이다.

우선 나의 기질에 관해서 말하자면, 나는 우울하다. 그래서 지난 3년 내지 4년 동안 나는 서너 번밖에는 웃는 모습을 다른 사람들에게 보이지 않았다. 그러나 나의 우울함이 오로지 기질에서만 유래하는 것이라면 쉽게 참아줄 만하고 경미한 것이지만, 대부분의 우울함이 다른 원천에서 유래하고 나의 상상력을 장악하며 내가 극도로 신경을 쓰도록 만들기 때문에 말 한 마디 없이 백일몽에 잠기거나 나 자신이 하는 말에 아무런 관심도 없이 대부분의 시간을 보낸다.

나는 낯선 사람들을 매우 과묵하게 대하는가 하면, 심지어 내가 잘 아는 대부분의 사람들에 대해서조차 그다지 허심탄회하게 대하지 않는다. 이것이 잘못이라는 것은 나도 안다. 이것을 고치기 위해 어떠한 노력도 아끼지 않을 작정이다. 그러나 내 표정의 어떤 우울한 분위기가 내가 실제보다 한층 더 과묵한 것처럼 보이게 만들기 때문에, 또한 얼굴의 선천적 구조에서 유래하는 불쾌한 표정은 우리 자신도 어쩔 수가 없기 때문에, 내가 속으로는 나의 잘못을 고쳤다 해도 밖으로는 불쾌한 흔적이 여전히 남을 것이다.

나는 재치가 있다. 말하는 것은 나에게 어렵지 않다. 재치에 관해서 수줍은 척한들 무슨 소용이 있는가? 자신의 장점을 지나치게 완곡하고 애매하게 말하는 것은 내가 보기에 겸손의 가면 뒤에 약간의 허영심을 숨기는 짓이다. 또한 그것은 남들이 자기가 말하는 것보다 더 좋게 자기를 평가하도록 만드는 교묘한 술책이다.

나로서는 내가 말한 것보다 더 훌륭한 사람으로 여겨지지 않아도 좋고, 내가 스스로 드러낸 것보다 더 좋은 기질의 소유자로 여겨지지 않아도 좋으며, 실제보다 더 재치 있고 합리적이라고 평가되지 않아도 좋다. 다시 말하지만, 나는 재치가 있지만 나의 재치는 우울증에 눌려 있는 것이다. 왜냐하면 내가 비록 말을 잘하고 기억력이 좋으며 사물들에 대해서도 혼동하지 않고 명료하게 생각할 수 있다 해도 슬픈 심정에 너무 젖어 있기 때문에 내가 말하고 싶어 하는 것을 매우 서투르게 표현하는 경우가 많다.

점잖은 사람들의 대화는 내가 가장 좋아하는 즐거움 가운데 하나다. 나는 진지한 대화, 도덕에 관한 주제를 주로 다루는 대화를 좋아한다. 그러면서도 유쾌한 대화를 즐기는 취향도 있다. 그리고 내가 사람들을 웃기는 사소한 농담의 가치를 과소평가하기 때문도 아니고, 머리 회전이 빠르고 말이 유창한 사람이 멋지게 늘어놓는 우스갯소리를 즐길 줄 모르기 때문도 아니다.

나는 산문을 잘 쓴다. 시도 잘 쓴다. 산문이나 시로 명성을 얻을 생각이 있다면 나는 매우 애쓰지 않아도 상당한 명성을 얻을 수 있다고 생각한다. 나는 광범위한 독서를 좋아한다. 정신을 연마하고 영혼을 강화시키는 내용이든 책읽기를 가장 좋아한다. 무엇보다도 나는 총명한 사람과 함께 독서하는 것을 가장 좋아한다. 왜냐하면 이러한 방식의 독서는 내가 읽고 있는 내용을 항상 음미하게 만들고, 그 결과 세상에서 가장 즐겁고 가장 유용한 대화를 준비할 수 있도록 해주기 때문이다.

나는 남들이 내게 보여주는 산문과 시를 매우 잘 평가한다. 그러나 아마도 나의 의견을 약간은 너무 자유롭게 드러내는지도 모른다. 나에게는 한 가지 결점이 더 있는데 그것은 내가 때로는 너무 세심하게 파고들고 너무 가혹하게 비판한다는 것이다. 사실 나는 다른 사람들의 논쟁에 귀를 기울이는 것을 싫어하지 않고 논쟁에 자진해서 끼어드는 경우도 많다. 그러나 나의 의견을 너무 열성적으로 주장하는가 하면, 다른 사람이 나의 의견에 반대되는 부당한 의견을 주장할 때 나는 가끔 합리적 주장을 너무나도 열성적으로 옹호하는 나머지, 나 자신이 매우 비합리적으로 변하기도 한다.

나는 감정이 고상하고 선천적으로 선한 것에 이끌리는 경향이 있으며, 모든 면에서 명예로운 사람이 되기를 바라는 열망이 매우 강하다. 따라서 친구들이 나의 결점들을 진지하게 지적해줄 때 나는 가장 큰 기쁨을 느낀다. 나를 잘 아는 사람들, 그리고 가끔 나의 결점들을 지적

해주는 성의를 베푼 사람들은 내가 최대한으로 즐거워
하면서, 그리고 그 누구보다도 더 진심으로 복종하는 자
세로 그러한 충고를 내가 항상 받아들인다는 것을 알 것
이다.

나의 모든 열정은 매우 온화하고 매우 잘 통제되어 있
다. 그래서 사람들은 내가 격분하는 것을 결코 본 적이
없고 나는 다른 사람을 미워해 본 적이 없다. 그러나 모
욕을 받는다면, 그리고 받은 모욕에 대해 원한을 표시하
는 것에 나의 명예가 걸려 있다면 내가 보복을 못할 리
도 없다. 오히려 증오보다는 의무감에 더 이끌려서 나는
다른 그 누구보다도 더 맹렬하게 보복의 방도를 추구할
것이다.

야심은 나를 조금도 괴롭히지 못한다. 나는 아무것도 두
려워하지 않고 죽음마저 조금도 두려워하지 않는다. 동
정심에는 그다지 이끌리지 않고, 나에게 동정심이 전혀
없기를 차라리 바란다. 그러나 불행한 사람들을 위로하
기 위해서라면 무슨 일이든지 모두 해주려고 한다. 사실
나는 우리가 불행한 사람들을 위해 가능한 모든 것을 해
주어야만 하고, 심지어 극도의 동정심마저 표시해야만
한다고 믿는다. 왜냐하면 불행한 사람들은 너무나도 어
리석어서 동정심의 표시가 그들에게는 세상에서 가장

큰 이익을 가져다주기 때문이다.

그러나 동시에 나는 우리가 동정심의 표시로 만족해야만 하고 우리 자신이 동정심을 느끼지 않도록 조심해야한다고 믿는다. 동정심이란 건전한 정신의 사람에게는 아무 소용도 없는 열정이다. 그것은 마음을 약하게 만들 뿐이다. 이성에 따라서는 아무것도 하지 않는, 따라서 어떤 행동을 취하도록 자극을 받기 위해서는 열정의 도움이 필요한 일반 사람들에게 그것을 맡겨두지 않으면 안 된다.

나는 친구들을 좋아한다. 친구들을 너무나도 좋아하기 때문에 그들의 이익을 위해서라면 나의 이익을 희생하기를 잠시도 주저하지 않을 것이다. 나는 그들에게 관대하다. 그들의 나쁜 기질을 잘 참아주고 그들이 하는 모든 것을 쉽게 용납한다. 그러나 나의 호감을 그다지 드러내지는 않고 그들이 내 곁에 없다고 해서 별로 초조해지지 않는다.

나는 다른 사람들의 호기심의 대상이 되는 것들의 대부분에 대해 선천적으로 호기심을 거의 느끼지 못한다. 나는 매우 은밀하다. 그래서 다른 사람이 나를 신뢰하여 말해준 내용에 대해 침묵을 지키는 일은 다른 어떠한 사람의 경우보다도 나에게는 더 쉽다. 나는 내가 한 말에 대해서는 철저하게 책임을 진다. 내가 한 약속의 결과가 어떠한 것이든 상관없이 나는 약속을 지킨다. 그리고 이 것을 평생 동안 철칙으로 삼고 있다.

나는 여자들을 극도로 정중하게 대한다. 나는 그들을 괴롭힐 수 있는 말을 그들 앞에서 한 적이 전혀 없다고 믿는다. 여자들이 총명한 경우 나는 그들의 대화를 남자들의 대화보다 더 좋아한다. 여자들의 대화에는 남자들의 대화에 없는 어떤 부드러운 면이 있다. 게다가 내가 보기에 여자들은 한층 더 명료하게 자기 생각을 표현하고 자기가 말하는 대상을 한층 더 즐거운 것으로 만드는 듯 하다.

연애에 관해 말하자면 나는 과거에 여러 번 경험했다. 그러나 내가 아직 젊다고 해도 더 이상 연애는 하지 않는다. 여자의 환심을 사려고 애쓰는 짓을 나는 포기했다. 그리고 너무나도 많은 숫자의 점잖은 사람들이 아직도 그런 짓에 몰두하여 시간을 보내고 있는 데 대해 놀라지 않을 수 없다.

나는 고상한 열정들을 전적으로 인정한다. 고상한 열정들은 영혼의 진정한 위대성을 드러내는 징표다. 그러한 열정들이 초래하는 불안이 어떤 면에서는 엄격한 지혜와 상반된다 해도, 열정들 자체는 다른 면에서 가장 엄격한 미덕에 매우 적합한 것이기 때문에 비난을 받을 이유가 전혀 없다고 나는 생각한다. 극치에 이른 사랑의 감정이 얼마나 강하고 미묘한 지 잘 아는 나로서는, 만일 사랑에 빠진다면, 열정적으로 사랑에 빠질 것이다. 그러나 현재의 나 자신은 원래 이렇게 형성된 것인 만큼, 사랑에 대해 내가 아는 이 지식이 나의 정신으로부터 마음으로 이전될 것이라고는 결코 생각하지 않는다.

이 동 진